Story of Love in Solitude

Story of Love in Solitude

Eros Orpheus Eurydice

Roger Lewinter

translated from the French by Rachel Careau

A NEW DIRECTIONS PAPERBOOK ORIGINAL

Story of Love in Solitude was originally published in French as *Histoire d'amour
dans la solitude* in 1989 by Éditions Gérard Lebovici, Paris.

Published by arrangement with the author.

The translator gratefully acknowledges the editors of the following maga-
zines, in which two of these stories first appeared, in a slightly different
form: *Avec* ("Story of Love in Solitude") and *Two Lines* ("Passion").

First published as New Directions Paperbook 1356 in 2016
Manufactured in the United States of America
New Directions Books are printed on acid-free paper
Design by Erik Rieselbach

Library of Congress Cataloging-in-Publication Data
Names: Lewinter, Roger author. | Careau, Rachel, translator.
Title: Story of love in solitude / by Roger Lewinter ; translated
by Rachel Careau.
Other titles: Histoire d'amour dans la solitude. English
Description: New York : New Directions, 2016.
Identifiers: LCCN 2016022382 (print) | LCCN 2016028608 (ebook) |
ISBN 9780811225199 (alk. paper) | ISBN 9780811226110 ()
Classification: LCC PQ2672.E963 H5813 2016 (print) |
LCC PQ2672.E963 (ebook) | DDC 843/.914—dc23
LC record available at https://lccn.loc.gov/2016022382

10 9 8 7 6 5 4 3 2 1

New Directions Books are published for James Laughlin
by New Directions Publishing Corporation
80 Eighth Avenue, New York 10011

to Claude Royet-Journoud

Contents

Story of Love in Solitude

ONE EVENING IN AUGUST, as I was going to bed in the northeast room, which I had finally decided to use — the connecting wall of the other apartment had been broken through two years earlier —, I noticed on the transverse edge of the alcove, obliquely above my head, a spider, black, large, and since I didn't want to have it there above me during the night, I went into the kitchen of the other apartment — one has to cross through two rooms and a hallway forming the downstroke of a large L pointing southwest —, to look for a glass and a small plate; then, putting a cushion on the bed in order to reach the ceiling, I caught the spider and returned to the kitchen to release it on the balcony.

The next evening, as I was about to go to bed, in the corner between the two windows I noticed, a little surprised by the proliferation, another spider, the same kind, which I caught in the same manner, to release it as I had the first; but the following day, in the same place — in the corner between the two windows —, there was a spider again, black, large, which I caught, now with a certain exasperation, asking myself whether I shouldn't perhaps close the window in the room, which I left cracked open during the day.

The next three days, I saw no spider, but on the fourth evening, in the corner to the left above the head of the bed, there was a spider, again the same kind, which I caught now with the calm of routine, to release it on the balcony off the kitchen and then return to bed, only to get up again immediately, however, to go back into the kitchen to smoke a cigarette, sitting cross-legged, as usual, on the arm of the caved-in couch against the wall, noticing then, on the back of the couch, running headlong, the spider that I had just released on the balcony, which had returned through the partly open window: understanding now, I just managed to catch the spider on the floor tiles — panicked, it was skillfully dodging the glass —, in order to release it this time on the landing—thinking to disorient it that way—: I saw the spider make its way, still running, toward the stairs, where it descended the first step.

The next day, I did not see any spider, nor, indeed, for the three days that followed, but on the fifth evening, in exactly the same place as the first time—on the transverse edge of the alcove—, the spider was back again: disarmed by this obstinacy, I resolved to let the spider be; and in the morning it was out of sight—it must have slipped into some crack—, but I expected, with a certain impatience, to see the spider again in the evening, then was disappointed not to be able to find it in the alcove, nor in the corner between the two windows, nor did I see the spider the next day, disconcerted by its disappearance just when I had accepted it—spiders, creatures of routine, of absolute punctuality, are the only animal, in practice, with whom it is possible to coexist within strictly defined, and respected, territories—; but two days later, while vacuuming late in the afternoon—I had to straighten up a bit—, on the floor, at the edge of the rug, in the corner between the two windows, I discovered, on its back, legs curled up, dead, a spider, which I didn't touch, leaving it there, this time, as it was.

Passion

A CAMELLIA WITH WHICH I identified —
placed, in my parents' living room, opposite my office —, in November 1978, one week after the death
of my mother, had withered on the stalk, suddenly
losing its leaves — I had given it to my parents, a
dozen years earlier, for their anniversary, one December 27 —, while a second camellia, which was
bought for the same occasion the following year
and which my mother, six months later, when it
wilted — I said she ought to throw it out soon —,
not having a green thumb but remaining obstinate,
had been able to bring back to life, flourished; from
then on, having misunderstood what is beyond
understanding, gripped, to the same degree that

the second responded, by the impulse to buy a camellia that would restore the first—in December
1980, and whereas until then its buds had fallen,
a sudden passion elating me, it had produced two
long-blooming flowers, to flower again regularly
when I had taken it home with me, in November
1982, shortly before the death of my father—, re-
straining myself: the one, however, that I saw, on
February 1, 1986, at eight o'clock in the morning
on my way to the flea market, in front of Fleuriot,
riveting me on the spot—it was a shrub more than
three feet high, not simply a flowering stalk the
size of an azalea, like the others—, I resolved to let
fate decide; because, looking for something that
would motivate me to occupy the apartment next
to mine, which had served for eight years as a stor-
age room—the connecting wall had been broken
through the previous May, without my having taken
the next step—, I envisioned buying an antique
Chinese rug whose dimensions corresponded to
those of the corner room, which I thought I would
fix up first—the owner of the rug wanted to get
rid of it for health reasons, and when someone had
spoken to me about it in January, on impulse I had
said I would take it for 1,000 francs—the price was

around 5,000 francs—, the negotiations being thus entered into, through an intermediary, without my having seen the rug—, the following Thursday a meeting having at last been set for Sunday morning, when, Saturday the fifteenth, in the afternoon, the owner let it be known that the rug had just found a buyer; making up my mind then to take the step.

When the camellia was delivered, on Monday at eleven o'clock, in the desire to enjoy its flowering, instead of putting it in the corner room, for which I had intended it—it was very cold and the apartment was unheated—, I put it in the kitchen, against the corner of the cupboard, halfway turned between the window and the counter on which was set, next to the sink, the other camellia, whose austerity it accentuated by its profusion, obviously giving umbrage—the sun came around to shine on them early in the afternoon—, because the next evening, after I had, as usual, smoked a last cigarette sitting cross-legged on the arm of the caved-in couch, opposite the little camellia, which I thus contemplated before going to bed, when I studied it I found that its two strongest leaves— those on which, a dozen years earlier, having read that one must devote one's thoughts to a plant for it to thrive, I had concentrated, so that they grew to the point of becoming, at twice the size of the others, disproportionate — had died in the night: the dullness that had suddenly appeared on each side of the central vein — I knew it because I had observed it each time —, the depression hollowed out in the deep green thickness, spreading to the entire leaf, which, withering, in two or three weeks would fall; while the first reaction of the new camellia was to lose, almost immediately, most of the flower buds that studded it — but evidently artificially forced, it had had too many, and their fall could have been normal, since camellias react this way to a change of position while in bloom —; so that I was asking myself whether, once it became acclimated, it would still produce, despite everything, a flower — their color, deep crimson bordering on purple, seemed to me as exceptional as their form, opened out flat — without the crumpled petals at their heart like those of a peony —, like the roses of medieval illuminations —, when one of the surviving flower buds, among the smallest, on the overhang of the curved branch that formed the prow of the tree — situated at my eye level when, sitting at the low round table, I gazed at it as I ate —, seemed after a week's time to want to bloom, without managing to open, for as soon as the stamens sprang up from the half-open corolla, the calyx unfolding toward the bottom, the upper petals grew horizontally, like a visor, while the lower petals atrophied like a ruff—it was in fact two flowers joined together, the second of which took shape as the first opened—, continuing to hollow out at the bottom as they flared backward, torn apart by a proliferation of stamens; while scarcely ten days after its arrival—this also explained the dropping of the flower buds—, the leaf buds exploded, branches and leaves crossing impetuously, though the location near the window wasn't suitable—under the sun's rays the new leaves languished, only to recover in the evening, after a watering—; so that, no other place in the kitchen proving to be any better—the ideal position was facing east: in the corner room of the other apartment—, I finally put it in my office—there had never before been a plant there—, in the corner formed by a book cabinet that, in the afternoon, shielded it from the direct sun: next to the octagonal table where I write, to the left behind me, spreading out as if leaping, rising up slender, protective.

In March, on the first warm afternoon, the
kitchen was invaded by moths — many came out
from behind the cupboard, fluttering around between the branches of the camellia that was still
there —, which — since they were what I feared
most, because of the Kashmir shawls covering the
walls of the bedroom and the office — I refused to
perceive as such — not imagining that such a horde
could hatch out in March, not giving any thought,
moreover, to this invasion —, soon even giving
up crushing them when, practically familiar, they
threw themselves against me; a few days later, while
moving the camellia, organizing the tangle of connecting wires of the stereo system under the counter — where lie spread, in the middle of a swath of
empty matchboxes among the napkins and the sil-
verware, tea, coffee, honey, cheese —, once again
intrigued by the number of moths darting through
the dust, too engorged or lazy to fly away; when, at
the end of March, on returning from a reading in
Paris of Kraus's texts, after lunch, during my nap
on the caved-in couch, at the head of which, the
previous July, before leaving for a Groddeck collo-
quium in Frankfurt and because it was extremely
hot, in place of the two heavy wood crates contain-

ing some old 78s on whose account suddenly—
they had been there for two years—I dreaded
the sun's heat, I had set a big package of books, by
Groddeck and about Groddeck, among them about
twenty copies of *L'apparat de l'âme*—it seemed to
me more prudent to put the records in the books'
place, in the shadow of the hallway—, noticing
a maggot crawling on the metal foot of the low
round table, I abruptly moved the big corrugated
cardboard package: troops of larvae and moths, on
the square of rug eaten down to the thread, were
crawling at my bedside, not even scared off now
by the light; and, the scales falling from my eyes,
I realized that the kitchen was infested, the colony
having swarmed over the half of the rug between
the table and the window—the cracks between
the tiles, under the rug, were infiltrated with co-
coons, intact or frayed, maggots and eggs in clusters
scattered everywhere—; while in the entry, where
I now examined the things hung in a heap on the
coat hooks, with the exception of what I wore every
day, everything was riddled—the previous summer, before throwing myself into the third Kraus,
Nachts, I had told myself repeatedly that I had to
straighten things up, but I had always postponed

it, even though it weighed on me like guilt—; thus taking a month to fill garbage bags with soiled, disintegrating clothes—the Kashmir shawls, however, sprayed regularly each spring—the woolens rolled up underneath in a heap acting as initial bait—, were practically unharmed—; relentlessly spraying walls, floors, baseboards, in the kitchen, the bedroom, the office, the hall; to discover, after a month, that the moths had taken refuge in the cupboards of the other apartment, where I had stored the few articles of clothing that had been spared; making up my mind then to throw out every superfluous thing made of animal fiber.

The camellia in my office, however, was thriving, and, the new branches luxuriant, it was soon encircled with an armor of foliage that, under the low-angled rays of the sun in late afternoon, lit up, wrapping like a subtle body the opaque mass of old foliage with a trembling into which, often, in the evenings, with exultation, I would plunge my face; nevertheless struck by the torment that appeared to flog its luxuriance—some of the leaves, among the oldest, were clipped, half-cut-away, but among the new ones, too, were many that, lifted up in the middle along the length of the central vein by a

shriveling, were in contortions; and, branches bursting forth in all directions, in their intertwinings the
leaves, when they didn't wind tightly around an obstacle, collided head-on and remained bound together in their opposite motion —, new leaf buds,
not only on the trunk but also along the length of
the branches, ceaselessly springing up and bursting
open, like suckers on a rosebush; while already
now — it was June —, the buds of flowers destined
to grow plump in October revealed themselves everywhere, nevertheless very quickly starting to swell
as if, in the urgency of fecundity catching up with
the leaves, they would open at any moment; while
with the idea — which had been on my mind since
the beginning of the year — of finally translating the
Sonnets to Orpheus, by Rilke — to which I had, in fact,
committed myself by translating, two years earlier,
the *Duino Elegies*, that the *Sonnets* might fulfill what
the *Elegies* gave rise to: angel here below question-
ing, man beyond answering —, I read — with a de-
termination incomprehensible even to me — *The
Celestial Hierarchy*, by Dionysius the Areopagite,
found at the beginning of July at the flea market,
which, suggesting to me, to translate the word
Stille — from which the *Sonnets* proceed —, rather

than silence, impassivity, which, at the heart of suf-
fering—its passion—, there seeing the beauty—
objective, foreign—, knows its glory, the suprahu-
man rapture that it speaks through its surmounting,
gave me the second word I had lacked until then—
which I was, at the time, convinced was a given in
French—and which, placed like a bolt in the first
line of the first sonnet, thus laid it out—"Un arbre
là monta. Ô pur surmontement"—, opening the
entire cycle of the song of Orpheus, into which—
"arbre haut dans l'oreille"—, after a few starts, on
the twenty-fourth of August I threw myself as if it
were now a matter of life and death; only occasionally worried about the camellia, beside me, which
this struggle must have been irradiating even as it
invigorated me; thus hardly surprised—noticing in
it the sympathy I had sensed—that it began, in the
course of the month of September, to lose some
leaves—the most vigorous, which, majestic opened
out, crowned its leader—, not worrying at first—
their fall counterbalanced the luxuriance of the new
leaves—, also seeing in it the repercussions of the
uncontrollable development of the flower buds,
which bent its branches and which, suffusing it with
crimson, already burst open at the tips, which dis-

concerted me, although I recognized in it the sign
of the frenzy rushing its cycles as if — and for a tree,
which is truly its embodiment, this was a paradox —,
for it, time didn't exist; while, as with the other camellia, I was letting the fallen leaves litter the soil —
although under normal conditions they didn't de-
compose but, impervious to rot, withered —, when,
moving them aside one afternoon to see whether I
should water — it had been extremely muggy and
hot for three weeks —, I found that the leaves that
touched the soil were reduced to a network of veins;
surprised — despite the varieties, there couldn't be
such a difference between camellias —, so that —
leaves more recently dropped on top of the others
being likewise stripped of their tissue —, a few days
later, to be clear in my own mind about it, I removed
the mat: maggots, yellowish white, about a quarter
inch long, crawling on the surface, immediately
went back belowground; and removing the soil then
with the tip of a leaf, I discovered yet another type
of maggot, perhaps a half inch long, threadlike,
translucent, like a fine rice noodle; and so, the in-
secticide sticks recommended by the florist seeming
to me insufficient to check the likely proliferation
of parasites — the leaves, invariably the strongest, of

other branches were now decimated—, on September 23, reluctantly—dreading the effect on the swollen flower buds—, I applied a liquid pesticide—I had to water the plant with it, at the rate of one tablespoon diluted in a quart of water, three times at ten-day intervals—; the mixture absorbed, the soil—a sudden myriad of threadlike maggots, translucent, which lifted up twisting in every direction, contorting themselves in broken convulsions before slackening, struck down—heaved; and now, from everywhere, the yellowish-white maggots surged up, wandering across the surface, not dying instantly like the others; and two millipedes, driven from a clump of short branches at the base, streamed out, attempting to climb onto the trunk—so this was what I had found, ten days earlier, near the window, three feet from the pot, and had taken for a dead caterpillar—; faced with this devourment endlessly pouring forth—an hour, meanwhile, had gone by—, beginning to doubt that the treatment could be more than palliative—in the evening, by artificial light, the soil still shuddered—, and the second application, then the third, provoking the same cataclysm, I realized beyond any doubt that there was no other remedy than to transplant the tree — though this be fire and sword —, since the old leaves, pocked, fell in such numbers that wide gaps formed in the previously impenetrable thicket, while the flower buds, whose swelling had stopped with the first treatment, began to wither and soon fall as well; despite everything, still hesitating — I applied the pesticide six times —, when, in the middle of December — the *Sonnets* had been finished since October 5 —, upon my return from a brief stay in Paris, discovering, in the evening, at the foot of the tree, the same teeming, I made up my mind and took the camellia, on December 18, to a horticulturist to whom I had presented the case, by telephone, at the beginning of November — in a *Tribune de Genève* from the summer, I had read an article on the alternative approaches he used to combat parasites, and unlike other nurserymen and florists, he had listened to me —, his diagnosis now confirming my own: it would be necessary, though it would have been better to wait till spring, to cleanse the roots and change the soil — that the rotting of the maggots was moreover poisoning —, and, he said, to cut back the tree because of the destruction of its roots; without my expecting that the camellia, when, on December 22, I came back to retrieve it, would be,

broken lyre, the stump of its former self; while I had
to wait a month, the tree living off its reserves, to
know whether it would recover; two days after my
return from a reading in Paris from *L'attrait des choses*,
on January 26 or 27, I don't know anymore, coming,
in the morning, into the corner room — where I had
placed it — to mist it, in front of its crushed leaves —
at the beginning of January, one leaf bud having
burst forth like a sucker at the base of the trunk, I
had begun to hope —, I knew that in the night the
tree had died, and that what would follow would be
no more than the process of withering; coming into
the kitchen, studying with increased attention the
little camellia, the leaves of which, when I had taken
the other one to the horticulturist, as if they had
been tensed — the two trees, one in the kitchen, the
other in the office, separated by the partition but at
the same height, were back to back —, had seemed
to me to spread out into their space; anxious that
something might happen to it as well — for although
it had two flowers, unlike the previous year's single
flower bud, which had blossomed out fully on
Christmas Day, they were only half-open —; suddenly concerned that instead of the five leaf buds
corresponding to its five living branches, it had only

three; thinking of giving it some fertilizer — only the previous year, and for the first time, because it was exhausting itself, I had added some peat moss and compost, to which it had responded with seventeen leaves, which had eased its destitution —; my worry increasing when, a few days later, I discovered that a small leaf on the long, leafy branch that, starting just above the soil, descended, greedily reaching for light through an ample bend, below the pot, had withered without my having noticed; deciding on the addition of the fertilizer when, the following week, from their dullness, I saw that one, two, three vigorous leaves were going to fall; stopping the treatment — the effect wouldn't become apparent for three weeks — on February 28 for the spring; that day spreading a tablespoon of salts — on this occasion, also breaking off the dead woody branches that, superstitiously, I had left, like a shield —; waiting: on March 20, from the dull gray of the exhausted leaves — for two weeks, they'd been stiff — realizing that it was too late; so that after three weeks' time, I put back in the kitchen of the other apartment, beside the dismantled shrub, the trunk burned to its pith.

Nameless

WHEN I SAW HIM that Monday morning—at the end of May, beginning of June 1986—starting out at the Liotard Market—he had his stand, on the rue de la Poterie, about thirty feet from the farm stand where I regularly buy eggs and apples, so that I could, as I waited my turn, by placing myself at a slight angle let my eyes wander over him—, I knew that I shouldn't have looked at him; turning my head back toward him as, in order to buy oranges and chèvre, I now walked back up the rue Liotard; retracing my steps, studying him more at my leisure, across from me, on the diagonal of the right triangle covered in grass and planted with trees, along whose two sides the market extends—self-absorbed as he was that morning, he didn't pay any

27

attention —; putting off approaching him until Thursday — Saturday morning, I saw that he also worked the Coutance Market, across from La Placette, assisted by a girl his age, whom I supposed, from the similarity of their appearance as well as from their ease together, to be his sister, since he didn't have the opacity of those who live with another as one —; prolonging the suspense of the vision without an exchange as long as the surprise of it carried me; so that it wasn't until two weeks later that I decided, one Monday morning, to buy from him eight ounces of peas — which I add, in season, to a cup of barley, oats, or millet for the last meal of the evening, after yoga —, without his appearing, as he served me, to notice me in particular, holding the peas out to me with that courteous kindness that was his own; so that, Thursday, when I saw him, lifting his eyes as he noticed me waiting at his stand, blush, overpowered then, lowering his eyes immediately, by a smile that transfigured him, in my incredulity that I could appeal to him — the enlightenment that had struck me when I saw him, was it anything other than this certainty? —, I remained, before the sweetness of the gift in its simplicity, by the feeling that I had only to stretch out my hand —

purity, a matter of a movement of exact madness,
depending on that instant—, transfixed, while he
now offered me the peas—I asked myself whether
he knew that he was radiant—, in the fullness of his
restrained happiness not seeming even to expect
anything from me, speechless before his resplen-
dence, which, in its modesty, I would have doubted
as I moved away if his warmth, spreading to me,
hadn't lightened me until Saturday, when, at the
return of the flea market, at eleven thirty, I again
found myself in front of his stand—I no longer re-
call whether he was alone—, rebelling at there being only one admission, which I couldn't accept,
that wouldn't be indecent—noticing me, he had
blushed again—, so that I indicated—when to his
look I had responded, "Oh, you know . . . ," turning
bright crimson he had cried out in a tone rendered
despairing by its intensity, "But I know nothing!"—
the peas, which he gave me, stammering, "Good
day," and turning away, flashing with anger; while
on Monday, having regained his self-control, he
greeted me with a neutrality he never again aban-
doned; so that—persuading myself that it had been
only a matter of effervescence, without reflecting
that I had evidently not responded to his feeling,

while I must, for the exactly inverse reasons of age and life, have intimidated him —, gradually I spaced out my stops at his stand, contenting myself with looking at him in passing as he was working — always alone now, he had also, since August, been at the Coutance Market on Wednesdays, at the corner of the rue Grenus, so that going down to the flea market at eight in the morning, I noticed him from a distance, perpetually dressed in the same petrol-blue anorak, with the red shoulders, as on the first day —; refusing, when I had begun to translate Rilke's *Sonnets to Orpheus*, at the end of August, even to look at him, in the void where I dwelled in his glory — once, at the end of September, touching ground, I stopped at his stand, where, noticing from my gesture that he was off by half in giving me back change for twenty francs, he looked at me with vivacity: "My mind's somewhere else" —; after the end of the *Sonnets*, approaching him occasionally again, though he was now without fail shut off from my gaze, until that Wednesday, at the end of October — the sky was gray, and the market almost deserted —, when, suddenly deciding to pass by his stand to greet him, as I had done in the past, he remained, his head bent slightly forward, his eyes resting on me without caring how long, staring at me as I moved away, so that I was forced, in order not to stop and speak, to break his gaze, his call remaining stuck in me; without my realizing, the next times, the weather being bad, that he was no longer there — in the summer when it rained too hard in the morning, he wouldn't come —, since he could also have been taking his vacation then; so that I realized only at the end of November that he evidently didn't work the winter markets; convinced, however, that he would return in the spring — so much did he seem to me to have taken to the routine with detachment —; no longer even thinking about it until the moment when, at the beginning of May, having gone to Dijon to give a reading from the *Duino Elegies* on the occasion of the release of the *Sonnets to Orpheus*, in allusion to an episode from *L'attrait des choses*, someone handed me — "Do you know Maurice Betz's novel? Here, you might be interested to see what another translator of Rilke has written" — *Le démon impur* — the story of an irreproachable politician who, after a debate in the Chamber on the status of juvenile offenders, suddenly weary, paying a visit to a childhood friend in Marseille, in the latter's absence and after a night in

a dubious hotel, comes across in the port a young
sailor who fascinates him, without daring to approach him, only to attempt later, obstinately, to
find him again, in vain, and, finally letting himself
go, accosts another sailor and loses himself in an
erotomaniacal delirium—, knowing then, stagger-
ing, that I had lost sight of him, when: as he approached me from behind, taking off his gloves to
slap them together, exclaiming, "It's hell out today,"
turning back to him with a start—waiting for him,
I was looking over some books at this stand at the
flea market—, when I saw his body, which, lifting
my eyes to his face, I suddenly had the feeling that
I had only to stretch out my hand to make mine, a
force beyond my control gripping the nape of my
neck had made me move away without a word—
believing that he wanted to go on browsing—,
while he had rejoined me to have, as I had at last
suggested, coming across him ten minutes earlier,
a coffee; so that when, a moment later, emerging
from my absence, I attempted to find him again, he
had disappeared—that Saturday, December 29,
1984, the north wind having unleashed its fury in
the morning, bitterly cold, I doubted whether I

would meet him; while, on the evening of December 24, in the elation of having finished, that same morning, *L'attrait des choses*—on which I had been working for eight months—, invoking—in the alcove, to the four cardinal points of the figured Kashmir shawl—the Angel of Duino, I had sworn I would take the step that I had forbidden myself since August, when a few words from him, not addressed to me—with the charm of a cuddly infant, asking the friend who lent him his stand—he still didn't have a place of his own—to put stickers on some records: "I'll mark the price"—, had captivated me by their intonation—in April, at the first book that I had bought from him—he was just starting out at the flea market—, his face had made me look at his fly and the way his jeans fell to his sneakers; from that time on avoiding paying him attention—; thus bewitched by sweetness—although—I realized—the possession burning within me proceeded from the trance that I was in to write, the one nourishing the other to the point where, soon, I was uncertain which would prevail—, particularly since, one Wednesday in September, he had read me—passing by his stand without stopping, I had looked back, not knowing that his gaze had followed me pensively —, responding to my greeting from then on with this conscious candor that, in his voice, had gripped me; his coquetry — sporting at each market another T-shirt — lemon, pistachio, raspberry, lavender, plum —, before stripping his chest bare in the sun, the adolescent suppleness of his body, which made life stay a moment on his most fragile grace, troubling —, in contradiction to the solitude in which he seemed to move, ending in subjugating me; thus finally going to the flea market to subject myself to his fascination — antagonist of the book, in which I sought, by grasping my mechanism of ascendancy, to exorcise the passions that were binding me to my body, so that in its void something unknown might arise — as one plays Russian roulette, the admission magnetized by his approach wanting to escape me; while now, when I realized that I had left him there, the sweetness he had inexorably aroused in me froze, from the evidence that something inconceivable had come to pass at the moment when, in front of the density of his body in its unbearable splendor, I'd drawn back; by the idea that I didn't even know his name, which would have allowed me to make it right — not thinking, however, that I might look to see whether he wasn't perhaps in one of the bistros around, nor that I could, in reality, find him again —, suddenly burned to cinders, leaving the flea market as if this would be my last market — the next had been set for January 5 —, while the cold, with the dark north wind always more biting, was intensifying — noticing then that the device worked out in *L'attrait des choses* had just served its purpose; in the faint into which I had collapsed understanding why his body, the more I approached the end — the thunderstroke of joy —, out of a nostalgia that I couldn't explain to myself, tormented me unspeakably —; in the devourment of not knowing his name, in which the agony of losing him was exacerbated nearly to madness — the certainty, against which I struggled, that I no longer had a hold over him —, not thinking to react against the cold that was now taking possession of the apartment, seeping in at the cracks around the doors, the windows, and the walls of the house, which was exposed to the full brunt of the gusts — the north wind not ceasing for three weeks, the temperature fell to eight below, making any market whatsoever impossible —, continuing to extinguish, each evening as I went to bed, the oil heater in the hall, not relighting it until the next day around noon — intrigued, admittedly, that a bouquet of violets received at Christmas, on the low round table in the kitchen, three weeks later still retained all the freshness of its colors, while the volume of space around me, notably in the kitchen when I ate there, grew, reducing me to a figurine, as everything froze in silence —, until finally, from the description I gave of my dereliction — my eyelids now twitched nervously, as in the exhaustion of insomnia —, while I undertook to translate the second Kraus, *Pro domo et mundo*, someone pointed out that I was perishing; only then leaving the stove lit continuously, arming myself besides, to hold out in the now irretrievable apartment, with a hot-water bottle; while, on Saturday, January 26, at the first lull, the market taking place, going for a coffee with one of the merchants, when I saw him seated in front of a cup of tea reading his newspaper, approaching him in order to apologize for my mistake, the feeling of separation sweeping over me, I didn't even think to ask him his name: the light with which he had been invested, having touched me, had deserted him, leaving me with the call of a look, of a smile, whose warmth would exile me from the solitary loving body; though even then:

Histoire d'amour dans la solitude

UN SOIR D'AOÛT, en me couchant dans la chambre située au Nord-Est, que je m'étais décidé à enfin habiter — la communication avec l'autre appartement avait été percée il y a deux ans —, j'aperçus sur le rebord transversal de l'alcôve, à l'oblique au-dessus de ma tête, une araignée, noire, grosse, et comme je n'avais pas envie de l'avoir ainsi au-dessus de moi pendant la nuit, j'allai dans la cuisine de l'autre appartement — il faut traverser deux pièces et un couloir formant la hampe d'un grand L orienté au Sud-Ouest —, chercher un verre et une soucoupe, puis, posant un pouf sur le lit pour atteindre le plafond, je capturai l'araignée et retournai dans la cuisine pour la relâcher sur le balcon.

Le lendemain soir, au moment de me coucher, dans l'angle entre les deux fenêtres, j'aperçus, un peu étonné de la prolifération, une autre araignée, de la même espèce, que je capturai pareillement, pour la relâcher comme je l'avais fait de la première; mais, le jour suivant, au même endroit — dans l'angle entre les deux fenêtres —, il y avait une araignée de nouveau, noire, grosse, que je capturai, maintenant avec une certaine exaspération, me demandant s'il ne faudrait pas peut-être fermer la fenêtre de la chambre, que je laissais entrouverte pendant la journée.

Les trois jours suivants, je n'aperçus plus d'araignée, mais, le quatrième soir, dans l'angle à gauche au-dessus de la tête du lit, il y avait une araignée, toujours de la même espèce, que je capturai avec le calme maintenant de la routine, pour la relâcher sur le balcon de la cuisine et me recoucher après, me relevant toutefois aussitôt pour retourner dans la cuisine fumer une cigarette, assis, selon mon habitude, en tailleur sur l'accoudoir du canapé défoncé contre le mur, apercevant alors, sur le dossier du canapé, courant à toute allure, l'araignée que je venais de lâcher sur le balcon et qui était rentrée par la fenêtre entrouverte : comprenant alors, je la capturai de justesse sur le carrelage du sol — affolée, elle esquivait le verre adroitement —, pour la relâcher cette fois sur le palier — pensant la désorienter ainsi — : je la vis se diriger, toujours courant, vers l'escalier en face, dont elle descendit la première marche.

Le lendemain, je n'aperçus pas d'araignée, en effet, non plus que les trois jours suivants, mais le cinquième soir, au même endroit, exactement, que la première fois — sur le rebord transversal de l'alcôve —, l'araignée était de retour : désarmé par cette obstination, je me résolus à la laisser tranquille; et, au matin, elle était invisible — elle avait dû se glisser dans quelque fente —, mais je m'attendais, avec une certaine impatience, à la revoir le soir, désappointé alors de ne pouvoir la découvrir dans l'alcôve, non plus que dans l'angle entre les deux fenêtres, et je ne la revis non plus le lendemain, interloqué par sa disparition sitôt que je l'avais acceptée — les araignées, routinières, d'une ponctualité absolue, sont le seul animal, pratiquement, avec qui il soit possible de cohabiter dans des territoires strictement délimités, et respectés —; mais, deux jours plus tard, passant l'aspirateur en fin d'après-midi — je devais faire un peu d'ordre —, par terre, au bord du tapis, dans l'angle entre les deux fenêtres, je découvris, sur le dos, pattes recroquevillées, une araignée morte, que je ne touchai pas, la laissant là, alors, comme ça.

Passion

UN CAMÉLIA AUQUEL je m'identifiais — placé, dans le salon de mes parents, en face de mon bureau —, en novembre 1978, une semaine après la mort de ma mère, avait séché sur pied, perdant ses feuilles soudain — je l'avais offert, une dizaine d'années auparavant, pour l'anniversaire de mariage de mes parents, un 27 décembre —, cependant qu'un second camélia, acheté, pour la même circonstance, l'année suivante, et que ma mère, six mois plus tard, alors qu'il dépérissait — je disais qu'il faudrait le jeter bientôt —, sans avoir la main verte mais s'obstinant, avait su ramener à la vie, gagnait en force; dès lors, au scandale m'étant mépris, lanciné par l'impulsion d'acheter un camélia qui restaurât le premier, dans la mesure même où le second répondait — en décembre 1980, et tandis que ses boutons, jusque-là, tombaient, un coup de foudre m'exaltant, il avait donné deux fleurs longuement s'épanouissant; pour refleurir, régulièrement, quand je l'eus emporté chez moi, en novembre 1982, peu avant la mort de mon père —, me retenant : celui, toutefois, que je vis, le 1ᵉʳ février 1986, à huit heures du matin en allant aux Puces, dans la devanture de Fleuriot, me rivant sur place — il s'agissait d'un arbuste de plus d'un mètre de haut, non, simplement, d'une tige fleurie de la taille d'une azalée, comme les autres —, je résolus de laisser le sort trancher; car, cherchant quelque chose qui m'incitât à habiter l'appartement à côté du mien me servant, depuis huit ans, de débarras — la communication avait été percée en mai dernier, sans que j'eusse franchi le pas —, j'envisageais d'acheter un tapis chinois ancien dont les dimensions correspondaient à la pièce d'angle que je pensais aménager d'abord — la propriétaire du tapis voulait s'en défaire pour raisons de santé, et, quand on m'en avait parlé, en janvier, j'avais lancé que j'étais preneur à 1 000 F — le prix tournait autour de 5 000 F —, les transactions s'engageant de la sorte, par personne interposée, sans que j'eusse vu le tapis —, le jeudi suivant rendez-vous étant enfin fixé au dimanche matin, lorsque, samedi 15 dans l'après-midi, la propriétaire fit savoir que le tapis venait de trouver acquéreur; alors me décidant à franchir le pas.

Quand le camélia fut livré, lundi à onze heures, dans le désir de jouir de sa floraison, au lieu de l'installer dans la pièce d'angle pour laquelle je l'avais destiné — il faisait très froid, et l'appartement n'était pas chauffé —, je le mis dans la cuisine, contre le coin de l'armoire, à mi-chemin de biais entre la fenêtre et la table-établi sur laquelle était posé, à côté de l'évier, l'autre camélia, dont, par sa profusion, il accusait l'austérité, lui portant ombrage manifestement — le soleil venait les éclairer en début d'après-midi —, car, le lendemain soir, après que j'eus, selon mon habitude, fumé une dernière cigarette assis en tailleur sur l'accoudoir du canapé défoncé, vis-à-vis du petit camélia qu'ainsi je contemplais, avant d'aller me coucher, lorsque je le détaillai, je constatai que ses deux plus fortes feuilles — celles sur lesquelles, il y avait une dizaine d'années, ayant lu qu'il fallait, pour qu'elle prospérât, penser à une plante, je m'étais concentré, si bien qu'elles s'étaient développées jusqu'à devenir, le double des autres, disproportionnées —, dans la nuit étaient mortes : la matité, surgie de part et d'autre de la nervure centrale — je le savais pour l'avoir à chaque fois observé —, dépression dans l'épaisseur vert sombre qu'elle évidait, se diffuserait sur toute la feuille qui, se desséchant, en deux, trois semaines tomberait; cependant que la première réaction du nouveau camélia fut de perdre, presque aussitôt, la plupart des boutons le constellant — mais, artificiellement poussé à l'évidence, il en avait trop; et leur chute pouvait être normale, les camélias, en période de floraison, réagissant ainsi au changement d'orientation —; de sorte que je me demandais si, en acceptation du lieu, il aurait encore, malgré tout, une fleur — leur couleur, carmin profond tirant sur le violacé, me semblait exceptionnelle autant que leur forme, épanouie à plat — sans les pétales chiffonnés

au cœur comme ceux d'une pivoine —, telles les roses
d'enluminures médiévales —, lorsqu'un des boutons sub-
sistants, parmi les plus petits — situé à hauteur de mes
yeux quand, assis à la table ronde basse, en mangeant je
le regardais —, à l'avancée de la branche galbée formant
la proue de l'arbre, au bout d'une semaine parut vouloir
éclore, sans parvenir à s'épanouir, car, sitôt que les étamines surgirent de la corolle entrouverte, le calice se dé-
doublant vers le bas, les pétales supérieurs poussèrent à
l'horizontale, en visière, tandis que les pétales inférieurs
s'atrophiaient en collerette — il s'agissait, en fait, de deux
fleurs soudées, dont la seconde s'était constituée pendant
que la première s'ouvrait —, pour continuer à se creuser
vers le bas en s'évasant en arrière, déchiré par une prolifération d'étamines; tandis que, dix jours à peine après
son arrivée — c'était une explication aussi de la chute des
boutons —, les bourgeons éclataient, rameaux et feuilles
croissant impétueusement, encore que la situation près
de la fenêtre ne convînt pas — sous les rayons du soleil,
les feuilles nouvelles s'alanguissaient, pour ne se redres-
ser que le soir, après un arrosage —; si bien que, dans la
cuisine une autre place ne se révélant pas meilleure —
l'orientation idéale était au levant : dans la pièce d'angle
de l'autre appartement —, finalement je l'installai dans
mon bureau — il n'y avait jamais eu de plante, là —, dans
l'encoignure formée par une armoire-bibliothèque qui,
l'après-midi, le protégeait d'un ensoleillement direct :
à côté de la table octogonale où j'écris, sur la gauche

derrière moi, en son éploiement comme bondissant
s'élevant svelte, tutélaire.

Début mars, la première après-midi où il fit chaud,
la cuisine fut envahie de mites — beaucoup sortaient
de derrière l'armoire, voletant entre les branches du camélia encore placé là —, que — dans la mesure où elles
étaient ce que je redoutais le plus, à cause des cachemires
couvrant les murs de la chambre et du bureau — je me
refusai à percevoir comme telles — ne concevant pas que
pareille nuée pût éclore en mars, ne réfléchissant pas, au
reste, à cet envahissement —, renonçant bientôt même
à les écraser quand, quasi familières, elles se jetaient
contre moi; quelques jours plus tard, en déplaçant le
camélia, ordonnant le fouillis des fils de branchement
de la chaîne stéréo sous la table-établi — où s'étalent, au
milieu d'une jonchée de boîtes d'allumettes vides, parmi
les assiettes et les couverts, thé, café, miel, fromage —, à
nouveau intrigué par le nombre de mites courant dans
la poussière, trop engourdies ou paresseuses pour s'en-
voler; lorsque, fin mars, au retour d'une lecture à Paris
de textes de Kraus, après déjeuner, pendant la sieste sur
le canapé défoncé, à la tête duquel, en juillet dernier,
avant de partir pour un colloque Groddeck à Francfort,
et parce qu'il faisait extrêmement chaud, à la place des
deux lourdes caisses en bois contenant des vieux disques
78 tours pour lesquels subitement — ils se trouvaient là
depuis deux ans — je redoutais l'ardeur du soleil, j'avais
posé un grand paquet de livres, de Groddeck et sur

Groddeck, dont une vingtaine d'exemplaires de *l'Apparat de l'âme* — il me semblait plus judicieux de mettre en leur lieu, à l'ombre du couloir, les disques —, apercevant sur le pied en métal de la table ronde basse un ver rampant, brusquement je déplaçai le grand paquet en carton ondulé : larves et mites en cohortes, sur le carré de tapis dévoré jusqu'à la trame, à mon chevet grouillaient, sans même que la clarté maintenant les effarouchât; et, mes yeux se dessillant, je me rendis compte que la cuisine était infestée, la colonie ayant essaimé sur la moitié de tapis entre la table et la fenêtre — les interstices du carrelage, sous le tapis, étaient infiltrés de cocons, intacts ou effilochés, des vers et des œufs en grappe partout disséminés —; cependant que dans l'entrée, où maintenant j'examinais les affaires accrochées en amas aux patères, à l'exception de ce que je portais quotidiennement, tout était criblé — l'été dernier, avant de me lancer dans le troisième Kraus, *la Nuit venue*, je m'étais répété qu'il faudrait mettre de l'ordre, mais je l'avais toujours différé, quoique cela me pesât comme une culpabilité —; passant de la sorte un mois à remplir des sacs poubelles d'effets souillés se désagrégeant — les cachemires toutefois, imprégnés, eux, chaque printemps, et les lainages roulés dessous en tas faisant fonction d'appâts premiers, étaient pratiquement indemnes —; imprégnant sans relâche murs, planchers, plinthes, dans la cuisine, la chambre, le bureau, le couloir; pour découvrir, au bout d'un mois, que les mites s'étaient réfugiées dans les armoires de

l'autre appartement, où j'avais rangé les quelques vête-
ments épargnés; alors me déterminant à tout jeter qui,
superflu, était de fibre animale.

Le camélia cependant, dans mon bureau, prospérait
et, les rameaux nouveaux foisonnant, il fut bientôt au-
réolé d'une armure de feuillage qui, sous les rayons ra-
sants du soleil de fin d'après-midi, s'illuminait, enrobant
tel un corps subtil la masse opaque du feuillage ancien
d'un frémissement où, souvent, le soir, avec emporte-
ment, je plongeais le visage; néanmoins frappé de la
tourmente qui paraissait fouailler son exubérance — cer-
taines feuilles, parmi les anciennes, étaient cisaillées, à
moitié découpées, mais parmi les nouvelles aussi, nombreuses étaient qui, soulevées en leur milieu, le long de
la nervure centrale, par une crispation, se tordaient; et les
rameaux fusant en tous sens, dans leurs entrecroisements
les feuilles, quand elles ne s'enroulaient pas autour de
l'obstacle étroitement, se heurtant de front restaient ac-
colées dans leur mouvement contraire —, de nouveaux
bourgeons, non seulement sur le tronc mais aussi le long
des branches, ne cessant de jaillir et d'éclater, tels des
gourmands sur un rosier; tandis que, maintenant déjà —
on était en juin —, se discernaient partout les boutons de
fleurs destinés à grossir en octobre, pourtant très vite se
mettant à gonfler comme si, dans l'urgence de fécondité
rattrapant les feuilles, ils allaient incessamment éclore;
alors que, dans l'idée — qui me travaillait depuis le début
de l'année — de traduire enfin *les Sonnets à Orphée*, de

Rilke—à quoi je m'étais, de fait, engagé en traduisant, deux ans auparavant, les *Élégies de Duino*, qu'ils accomplissent comme elles les ont suscités : ange ici-bas interpellant, homme au-delà répondant—, je lisais—avec une détermination à moi-même incompréhensible—*la Hiérarchie céleste*, de Denys l'aréopagite, trouvée début juillet aux Puces, laquelle, me suggérant, pour rendre *Stille*—dont les *Sonnets* procèdent—, plutôt que le silence, l'impassibilité, qui, au cœur de la souffrance—sa passion—, y voyant la beauté—objective, étrangère—, en sait la gloire, inhumain ravissant qu'elle dit par surmontement, me donna le second terme jusque-là me manquant—dont je fus, sur le moment, convaincu qu'il était, en français, naturellement donné—et qui, placé tel un verrou dans le premier vers du premier sonnet, de la sorte l'agença—« Un arbre là monta. Ô pur surmontement »—, ouvrant le cycle entier du chant d'Orphée, dans lequel—« arbre haut dans l'oreille »—, après quelques amorces, le 24 août, je me lançai comme si ce fût maintenant une question de vie ou de mort; parfois soucieux du camélia seulement, à mes côtés, que ce combat devait irradier tandis qu'il me vivifiait; à peine étonné ainsi—y apercevant la sympathie pressentie—qu'il commençât, au cours du mois de septembre, à perdre des feuilles—les plus vigoureuses, qui, majestueuses épanouies, couronnaient sa branche maîtresse—, ne m'inquiétant pas d'abord—leur chute équilibrait la luxuriance de feuilles nouvelles—, y voyant aussi le contrecoup du développement irrésistible des boutons faisant ployer ses rameaux et dont, le nimbant de carmin, perçaient déjà les pointes, ce qui me déconcertait, quoique j'y reconnusse le signe de la frénésie bousculant chez lui les cycles comme si—et, d'un arbre, qui, véritablement, l'incorpore, c'était paradoxal—, pour lui, le temps n'existait pas; cependant que, selon l'habitude prise avec l'autre camélia, je laissais les feuilles tombées joncher la terre—bien que, dans des conditions normales, elles ne se décomposent pas mais, imputrescibles, se dessèchent—, lorsque, les remuant une après-midi pour voir s'il fallait arroser—depuis trois semaines il faisait extrêmement moite et chaud—, je constatai que les feuilles en contact avec la terre étaient réduites au lacis de leurs nervures; étonné—en dépit des variétés, il ne pouvait y avoir, entre camélias, pareille différence—, de sorte que—des feuilles plus récemment déposées sur les autres se vidant également de leur substance—, quelques jours plus tard, pour en avoir le cœur net, j'ôtai ce tapis : des vers, blanc jaunâtre, de cinq millimètres de long environ, rampant à la surface, rentrèrent immédiatement sous terre; et, remuant alors la terre avec la pointe d'une feuille, je découvris une autre sorte de ver encore, d'un centimètre de long peut-être, filiforme, translucide, tel un vermicelle chinois; aussi, les bâtonnets conseillés par le fleuriste me paraissant insuffisants pour enrayer la probable prolifération des parasites—les feuilles, toujours les plus fortes, d'autres branches maintenant étaient décimées —, le 23 septembre, à contrecœur — redoutant l'effet sur les boutons en plein gonflement —, je répandis un pesticide liquide — il fallait, à raison d'une cuillère à soupe diluée dans un litre d'eau, en arroser la plante trois fois, à dix jours d'intervalle —; le mélange bu, la terre, soudain myriade de vers filiformes, translucides, dressés tordus en tous sens pour se désarticuler par soubresauts cassés avant de se détendre foudroyés, se soulevant; et maintenant surgissaient, de partout, des vers blanc jaunâtre, errant à la surface, ne mourant pas comme les autres d'un coup; et deux mille-pattes, débusqués d'un bouquet de courtes branches à la base, fusèrent, cherchant à grimper sur le tronc — c'était donc cela que j'avais trouvé, une dizaine de jours auparavant, près de la fenêtre, à un mètre du pot, et que j'avais pris pour une chenille morte —; face à ce dévorement sans fin dégorgé — une heure, entre-temps, s'était écoulée —, me mettant à douter que le traitement pût être plus qu'un palliatif — le soir, à la lumière électrique, la terre frissonnait toujours —; et, la deuxième, puis la troisième application provoquant le même cataclysme, je me rendis compte qu'il n'y avait sans doute pas d'autre remède que de transplanter l'arbre — quoique ce fût le fer et le feu —, puisque les feuilles anciennes, tavelées, tombaient si nombreuses que de larges trouées se formaient dans les halliers autrefois impénétrables, cependant que les boutons, dont le gonflement s'était arrêté au premier traitement, commençaient à sécher, pour bientôt tomber aussi; malgré tout, hésitant encore — j'avais répandu le pesticide six fois —, lorsque, milieu décembre — les *Sonnets* étaient terminés depuis le 5 octobre —, au retour d'un bref séjour à Paris, découvrant, le soir, au pied de l'arbre, toujours la même pullulation, je me résolus et allai porter le camélia, le 18 décembre, à un horticulteur à qui, par téléphone, j'avais exposé le cas début novembre — dans une *Tribune de Genève* de l'été, j'avais lu un article sur les méthodes douces qu'il utilisait pour combattre les parasites, et, contrairement aux autres pépiniéristes et fleuristes, il m'avait écouté —, son diagnostic maintenant confirmant le mien : il fallait, quoiqu'il eût mieux valu attendre le printemps, laver les racines et changer la terre — que le pourrissement des vers empoisonnait en outre —, et, dit-il, tailler l'arbre en conséquence de la destruction de ses racines; sans que je m'attende que le camélia, lorsque, le 22 décembre, je retournai le chercher, serait, lyre séquée, le moignon de lui-même; cependant qu'il fallait attendre un mois, l'arbre vivant sur ses réserves, pour savoir s'il reprendrait; deux jours après mon retour d'une lecture à Paris de *l'Attrait des choses*, le 26 ou le 27 janvier, je ne sais plus, entrant au matin dans la pièce d'angle — où je l'avais installé — pour le vaporiser, devant ses feuilles fripées — début janvier, un bourgeon, tel un gourmand, ayant éclaté à la base du tronc, je m'étais pris à espérer —, je sus que, dans la nuit, l'arbre était mort, et que ce qui suivrait ne serait plus que le processus du dessèchement; en entrant dans la cuisine, considérant avec une attention redoublée le petit camélia, dont les feuilles, quand j'avais porté l'autre chez l'horticulteur, comme si elles eussent été contractées — les deux arbres, l'un dans la cuisine, l'autre dans le bureau, séparés par la cloison mais à la même hauteur, étaient dos à dos —, m'avaient paru se déployer dans leur espace; anxieux qu'il lui arrivât également quelque chose — car s'il avait eu deux fleurs, contrairement à l'année passée, où son unique bouton, le jour de Noël, s'était épanoui absolument, elles ne s'étaient qu'entrouvertes —; soudain préoccupé qu'au lieu des cinq bourgeons correspondant à ses cinq branches vives, il n'en eût que trois; songeant à lui donner de l'engrais — l'année passée seulement, et pour la première fois, parce qu'il s'épuisait, je lui avais rajouté un peu de tourbe et de terreau, à quoi il avait répondu par dix-sept feuilles, qui avaient adouci son dénuement —; mon souci s'augmentant lorsque, quelques jours plus tard, je découvris qu'une petite feuille sur le long rameau feuillu qui, partant à ras de terre, descendait, préhenseur de lumière par une ample courbe, plus bas que le pot, sans que je m'en fusse aperçu s'était desséchée; me déterminant à l'adjonction d'engrais quand, la semaine suivante, à leur matité, je vis qu'une, deux, trois feuilles vigoureuses allaient tomber; arrêtant — l'effet ne se manifestant pas avant trois semaines — le traitement au 28 février, pour le printemps; ce jour-là répandant une cuillère à soupe de sels — à cette occasion, cassant aussi les branches de bois mort que, superstitieusement, je lui laissais, tel un bouclier —; attendant : le 20 mars, au gris

suant des feuilles — depuis deux semaines, figées — exté-
nuées, me rendant compte qu'il était trop tard; de sorte
qu'au bout de trois semaines, je remisai dans la cuisine de
l'autre appartement, à côté de l'arbuste disloqué, le tronc
brûlé dans sa moelle.

Sans nom

LORSQUE JE LE VIS ce lundi matin—fin mai, début juin 1986—débutant au marché Liotard—il avait son banc, rue de la Poterie, à une dizaine de mètres de celui de la maraîchère chez qui, régulièrement, j'achète des œufs et des pommes, de sorte que je pouvais, en attendant mon tour me plaçant légèrement de biais, laisser mes yeux sur lui errer—, je sus que je l'avais regardé une fois de trop; tournant vers lui la tête en arrière pendant que, pour m'approvisionner en oranges et en laitages, je remontais maintenant la rue Liotard; en revenant sur mes pas, le considérant plus à loisir, en face de moi, à l'oblique du triangle droit couvert de gazon et planté d'arbres, des deux côtés duquel s'égrène le marché—tendu qu'il était en lui-même ce matin-là, il ne prêtait pas attention alentour—; remettant à jeudi de m'avancer jusqu'à lui—samedi matin, je vis qu'il faisait aussi le marché Coutance, en face de la Placette, aidé par une jeune fille de son âge,

dont je supposai, par l'identité d'allure mais aussi l'en-
jouement indifférent régnant entre eux, qu'elle était sa
sœur, car il n'avait pas l'opacité de qui s'est partagé—;
prolongeant le suspens de la vision sans échange tant que
la surprise m'en porta; si bien que ce ne fut qu'au bout de
deux semaines que je me décidai, un lundi matin, et lui
achetai 250 grammes de petits pois—que j'ajoute, en
saison, à une tasse d'orge, d'avoine ou de millet, pour le
dernier repas du soir, après le yoga—, sans qu'il parût, en
me servant, particulièrement me remarquer, me tendant
les petits pois avec la gentillesse courtoise qui était la
sienne; de sorte que, le jeudi, lorsque je le vis, levant les
yeux, en m'apercevant attendant à son banc, rougir, pour,
baissant les yeux aussitôt, s'envahir d'un sourire qui le
transfigura, incrédule que je pusse lui plaire—le saisis-
sement qui m'avait à sa vue éclairé, qu'était-il d'autre
pourtant que cette certitude—, je demeurai, devant la
douceur du don dans sa simplicité, par le sentiment qu'il
n'y avait qu'à tendre la main—la pureté, question d'un
mouvement juste de folie, se jouant en cet instant—,
interdit, cependant qu'il me tendait maintenant les petits
pois—je me demandais s'il savait qu'il rayonnait—, dans
la plénitude de son bonheur contenu ne paraissant même
rien attendre de moi, muet devant son resplendissement
dont, en sa modestie, j'aurais douté comme je m'éloignais,
si sa chaleur, se communiquant, ne m'avait allégé jusqu'au
samedi où, au retour des Puces, à onze heures trente, je
me retrouvai devant son banc—je ne sais plus s'il était
seul—, me rebellant qu'il n'y eût qu'un aveu, auquel je

ne me résolvais pas, qui ne fût pas indécent — en m'apercevant, il avait à nouveau rougi —, si bien que j'indi-
quai — lorsqu'à son regard j'avais répondu « oh, vous sa-
vez... », s'empourprant il s'était écrié avec un accent que
son intensité rendait désespéré « mais je sais rien ! » — les
petits pois, qu'il me tendit en bafouillant « bon samedi »
pour se détourner, étincelant; cependant que le lundi,
s'étant ressaisi, il me salua avec une neutralité dont il ne
se départit plus; de sorte que — me persuadant qu'il ne
s'était agi que d'une effervescence, sans songer que je
m'étais à l'évidence moins trahi que lui à son sentiment;
tandis que je devais, pour les raisons exactement inverses
de l'âge et de la vie, l'intimider —, progressivement j'es-
paçai mes haltes à son banc, me contentant de le regarder
en passant quand il était à servir — toujours seul maintenant, il faisait aussi, depuis août, le marché Coutance, le
mercredi, à l'angle de la rue Grenus; de sorte qu'en des-
cendant aux Puces, le matin à huit heures, je l'apercevais
de loin, immuablement vêtu du même anorak bleu pé-
trole, rouge aux épaules, que le premier jour   ; renonçant, quand j'eus commencé à traduire *les Sonnets à Orphée*,
de Rilke, fin août, même à le regarder, dans la vacance où
j'étais de sa gloire — une fois, fin septembre, touchant
terre, je m'arrêtai à son banc, où, s'apercevant à mon geste
qu'il s'était trompé de moitié en me rendant sur 20 F, il
me regarda avec vivacité « j'ai la tête ailleurs » —; après la
fin des *Sonnets*, m'avançant parfois jusqu'à lui de nouveau,
quoiqu'il fût maintenant sans faille à mon regard fermé,
jusqu'à ce mercredi, fin octobre — le ciel était gris, et le

marché, presque désert—, où, me décidant subitement
de passer devant son banc pour le saluer, comme je le
faisais autrefois, il resta, la tête légèrement penchée en
avant, les yeux posés sur moi sans souci de la durée, me
fixant comme je m'éloignais, si bien que je dus, pour ne
pas m'arrêter et parler, décrocher son regard, gardant en
moi son interpellation fichée; sans me rendre compte, les
fois suivantes, le temps étant mauvais, qu'il n'était plus
là—en été, quand il pleuvait trop fort le matin, il ne venait pas—, car il pouvait aussi avoir pris ses vacances
maintenant; de sorte que je m'aperçus fin novembre
seulement qu'à l'évidence, il ne ferait pas les marchés
d'hiver; convaincu toutefois qu'il reviendrait au printemps—tant il me semblait avoir pris la routine avec
détachement—; n'y pensant même plus, jusqu'au moment où, début mai, étant allé à Dijon faire une lecture
des *Élégies de Duino* à l'occasion de la sortie des *Sonnets à
Orphée*, en allusion à un épisode de *l'Attrait des choses*, on
me passa—« Vous connaissez le roman de Maurice Betz?
Tenez, ça peut vous intéresser ce qu'un autre traducteur
de Rilke a écrit »—*le Démon impur*—histoire d'un
homme politique irréprochable qui, après un débat à la
Chambre sur le statut des jeunes prisonniers, soudain las,
rendant visite à un ami d'enfance à Marseille, en l'absence
de celui-ci, et après une nuit dans un hôtel douteux,
croise sur le port un jeune marin qui le fascine, sans oser
l'aborder, pour ensuite, obstinément, tenter de le retrouver, en vain, et, enfin basculant, accoster un autre marin,

et se perdre, emporté par un délire érotomaniaque —, où je sus, dans un vertige, que je l'avais perdu de vue, alors : lorsqu'il s'était approché par derrière, ôtant ses gants pour les claquer l'un contre l'autre en s'exclamant « c'est l'enfer aujourd'hui », me retournant en sursaut — l'attendant, je considérais des livres à ce banc des Puces —, à la vue de son corps, dont, levant les yeux sur son visage, soudain j'eus le sentiment qu'il n'y avait qu'à tendre la main pour qu'il fût mien, une force dont je n'étais pas maître m'empoignant la nuque m'avait fait sans un mot m'éloigner — croyant qu'il voulait encore chiner —, tandis qu'il me rejoignait pour prendre, comme je le lui avais proposé enfin, en le croisant dix minutes plus tôt, un café; si bien que quand, un moment plus tard, émergeant de mon absence, je tentai de le retrouver, il avait disparu — ce samedi 29 décembre 1984, la bise s'étant déchaînée au matin, glaciale, je doutais de le rencontrer; alors que, le 24 décembre au soir, dans l'exaltation d'avoir terminé, le matin même, *l'Attrait des choses* — auquel je travaillais depuis huit mois —, invoquant — dans l'alcôve, aux quatre points cardinaux du cachemire figuré — l'Ange de Duino, je m'étais juré de franchir le pas dont je me défendais depuis qu'en août, quelques mots de lui ne s'adressant pas à moi — demandant, avec le charme d'un enfant câlin, à l'ami qui lui prêtait son banc — il n'avait pas encore de place à son nom — qu'il collât des pastilles sur des disques « je mettrai le prix » —, par leur intonation m'avaient captivé — en avril, au premier livre que je lui

avais acheté — il débutait aux Puces —, son visage m'avait
fait regarder sa braguette et la façon dont ses jeans tombaient sur ses baskets; évitant dès lors de lui prêter attention —; alors ensorcelé de douceur — quoique — je
l'apercevais — la possession m'embrasant procédât de la
transe où j'étais pour écrire; l'une nourrissant l'autre au
point que, bientôt, je fus incertain, laquelle l'emporte-
rait —, d'autant qu'un mercredi de septembre, il m'avait
percé — passant devant son banc sans m'arrêter, je m'étais
retourné, alors que son regard m'avait suivi, songeuse-
ment —, répondant dès lors à mon salut avec cette can-
deur consciente qui, dans sa voix, m'avait happé; sa
coquetterie — arborant à chaque marché un autre
T-shirt — citron, pistache, framboise, lavande, prune —,
avant de se mettre torse nu au soleil, la souplesse adoles-
cente de son corps, où l'être s'attardait à sa grâce la plus
fragile, troublant —, contradictoire avec la solitude où il
semblait évoluer, achevant de me subjuguer; de la sorte
finissant par aller aux Puces pour m'exposer à sa fascination — antagoniste du livre, où je visais, par la saisie de
mes réseaux d'emprise, à exorciser les passions me rivant
à mon corps, pour qu'en sa vacance surgît un ne sais
quoi — comme on joue à la roulette russe, l'aveu voulant
à son approche aimanté m'échapper; cependant que
maintenant, lorsque je me fus rendu compte que je l'avais
planté là, la douceur qu'il avait inexorablement en moi
suscitée se gela, par l'évidence qu'un inconcevable s'était
accompli à l'instant où, devant la densité de son corps
dans sa splendeur insoutenable, j'avais reculé; à l'idée que

je ne savais même pas son nom, qui m'eût permis de me
rattraper — ne songeant pas toutefois à regarder s'il
n'était pas peut-être dans un des bistrots alentour, ni que
je pouvais, en réalité, le retrouver —, soudain calciné,
quittant les Puces comme si c'eût été mon dernier marché — le prochain était fixé au 5 janvier —, alors que le
froid, avec la bise noire toujours plus cinglante, s'inten-
sifiait — alors m'apercevant que le dispositif élaboré dans
l'Attrait des choses venait de jouer; dans l'évanouissement
où j'avais basculé comprenant pourquoi son corps, plus
j'approchais du terme — la joie en son foudroiement —,
par une nostalgie que je ne m'expliquais pas, me lancinait
indiciblement —; dans la dévoration de ne pas savoir son
nom, où s'exacerbait jusqu'à la folie l'agonie de la perte —
la certitude, contre laquelle je me soulevais, que je n'aurais plus prise sur lui —, ne songeant pas à réagir contre
le froid qui maintenant prenait possession de l'appartement, s'insinuant par les fentes des portes, des fenêtres
et des murs de la maison exposée de plein fouet aux ra-
fales — la bise ne cessant pas trois semaines durant, la
température descendit jusqu'à moins 22°, rendant tout
marché, quel qu'il fût, impossible —, continuant à
éteindre chaque soir en me couchant le poêle à mazout
dans le couloir, pour ne le rallumer que le lendemain vers
midi — intrigué, certes, qu'un bouquet de violettes, reçu
à Noël, trois semaines plus tard, sur la table ronde basse
de la cuisine, dans la fraîcheur de ses couleurs restât im-
muable; cependant que le volume de l'espace autour de
moi, dans la cuisine notamment quand j'y mangeais,

s'amplifiait, me réduisant à une figurine, tandis que tout se figeait en silence—, jusqu'à ce qu'enfin, à la description que je fis de ma déréliction—mes paupières maintenant tressaillaient nerveusement, comme dans l'épuisement de l'insomnie—, alors que j'entreprenais de traduire le deuxième Kraus, *Pro domo et mundo*, on me rendît attentif que j'étais en train de transir; alors seulement laissant le poêle allumé en continuité, m'armant, au reste, pour tenir dans l'appartement devenu irrattrapable, d'une bouillotte; cependant que, samedi 26 janvier, à la première accalmie, le marché ayant lieu, allant prendre un café avec un pucier, lorsque je le vis, attablé devant un verre de thé à lire son journal, m'approchant de lui pour m'excuser de ma méprise, dans le sentiment m'envahissant de la séparation, je ne songeai même plus à lui demander son nom : l'éclat par lequel il avait été investi, m'ayant touché, l'avait quitté, avec l'appel d'un regard, d'un sourire me laissant, dont la chaleur m'abolît du corps solitaire aimant; quoique même alors :